JN115685

歌集

春いろのマフィン

浅野 美紀

砂子屋書房

＊目次

I

II

III

装本・倉本　修

歌集　春いろのマフィン

I

初冬のひかり

水に戻すひじきに磯の香りして夕べしずかに月のぼりくる

考えてもこたえなど出ず高く澄む空にこころを投げ出している

ラ・フランスむくときにたどる曲線のやさしくて秋のなかほどにいる

知らぬ間に売物件となりし家の黄花コスモス夕あかりのよう

ハナミズキの赤い実秋の陽に映えてカノン流るる茶房にひとり

雨のあとさんざしの紅き実に光る小さき雨滴にこころ寄せゆく

雨の糸細く枯れ葉に降る午後はカフェ・ラテの湯気にこころ溶けゆく

噴水に虹のかかりてゆく秋の影絵のようなひかり見ている

大切なことは何かと問われいるような初冬のあえかなひかり

冬木立雨に煙りてそれぞれに芽吹く力を眠らせており

水晶のようなみぞれの吹きつける海風にこころ奪われて立つ

加賀野菜蟹の並びし年の瀬の近江町市場の活気に紛る

凛とした冬の空気に花芽吹く力眠らせ桜の樹々は

銀ねずの慈姑選びし指先にみぞれ降り来てきらきらひかる

舞う雪のなかにこころを泳がせて日付なき旅のはじまりとする

樹のかげも魚のかげも水底にゆれてきらめく寒　戻り川

しずむこころ茶房にウタダ・ヒカル聴く「近づきたいよ君の理想に」

幼い日発表会に弾きし曲「緋いサラファン」夜かぜに聴こゆ

朝刊は郵便受けに冷えていてこころ温もる記事に逢いたし

うすもものヒヤシンスガラス越しの陽にはにかみて甘き香を放ちたり

漂う海月

アザレアの花のかげ真夜のしずけさに重なりて明日をかすかに憂う

花冷えの群青の空にうかび咲く白き木蓮意志をもつよう

銀河のごと小さく寄りつつひかりいるシルバード・シュガー春になりたり

身めぐりのせまき世界に生きており春雨降ればやさしくなりぬ

招かれて横にすわりて飲む紅茶ゆったりと深く先生のこえ

背の高い先生のあとを歩みゆくサンプラザ夏の歌会のあとに

ガラス窓隔てて初夏の外界は孤独の殻にふれてまばゆし

息をせぬ造花のように黙しつつ初夏のつり橋わたりゆくなり

白濁の月のひかりのさす部屋にふたりいて違う明日を見ている

お茶の水に子と待ち合わせ語るころ茗荷色にはや夕ぐれのくる

早足に帰りゆく子を見送りてお茶の水初夏の雑踏をゆく

花びらに雨滴を受けてひかりいる初夏の薔薇園異界につづく

去年母の病室に枯れしラベンダー花芽つけをりむらさき哀し

一面にローズマリーの咲く丘のまばゆさにこころあとずさりする

幾重にも遠く聞こえいし蟬しぐれ途絶えて深き残響にいる

その指に触れてはいけないい月光がページに集う詩を照らすから

わたくしの殻を外せりたそがれの水族館に漂う海月（くらげ）

揺れていしこころのままにゆく川の濁り　晩夏をとき放つ雨

この夏を揺るるこころと過ごしいて母子草とおくかそけく咲けり

朝まだき星の真下に乳白の弓張月浮くゆく夏のいろ

ぶどう棚見上げれば透けて降るひかりやわらかに秋のはじまりを告ぐ

微熱を放つ

こよい下弦の弓張月冴えて夜空ただよう小舟のごとし

思春期の子をわれよりも知る街の東京にはつか夕の雨降る

閉ざされし思考回路よ秋の陽のわくら葉の散る道を歩めり

連城三紀彦さん追悼

秋あらし野分の過ぎてひかり澄むけさ新聞に訃報を知りぬ

『恋文』と『変調二人羽織』読むとおくなりゆく秋の日の暮れ

さようなら幾多のおもい抱きつつ天に召されたり美しき秋の日

散り初めし木犀の金の粒ひかる道を歩めり想い抱きつつ

いいひとほど病を得るという医師のよこがおに降る晩秋のかげ

ひとときを並び歩めり建仁寺のもみじ降りくる夕かげのみち

メール来ず電話もなくて久々に会いし子の高き背を見つめいる

冬薔薇（ふゆそうび）しろきうつわに活けている指先に鈍きひかりのさせり

昨日までの私のこころはつしもにひかる水晶　鈍き屈折

冬に咲く皇帝ひまわり胸でくむ両手ほどきぬよき夢のため

言いわけを考えるときゆうぐれの水仙かおる逆光にいる

冬晴れにおきざりのこころ差し出して震える風にまぎるる午後は

難病とたたかい力尽きし友不規則に舞う風花かなし

袱紗さばく白き指先うつくしく共に学びし日々を思いぬ

チューリップの球根眠る土のうえやわらかく温き冬の雨降る

夕さりのコバルトブルーの道をゆく感情の糸切れないように

シナモン香る

ありふれた日々の暮らしにふきのとう芽吹くを見れば心潤う

きらきらとみぞれ降り来てさざんかの白き花鈍きひかりを放つ

ホーローの鍋にポトフの煮えていて降り止まぬ雪を飽かず見ている

風の香に梅のかおりの混じりいて春はわたしをひきよせている

風はまだつめたいけれど日脚伸びまばゆい春のほほえむごとし

溶け残る雪をよけつつ帰り来てりんご煮る部屋にシナモン香る

新しいページをめくる指先に二月の淡き陽の留まりいる

沈丁花の眠りを覚まし降り続く雨にかすかな憂いのありて

ひたひたと雑木林に降る雨に疲れしこころ潤いゆけり

冬と春の境目に吹く風のなかまろきひかりの粒子の踊る

終の雪舞い散るなかを歩みゆくこころに温きもの抱きつつ

なつかしい記憶の淵に立ち止まる沈丁花かおる夕かぜのなか

卒園の子らあどけなく駆ける道ジューンベリーの白き花咲く

わたくしの器をあふれゆく水のあたたかく春の微熱となりぬ

「春キャベツ百円」目玉商品のレジに並びぬ増税あとの

途切れがちな会話をつなぐほの甘きシフォンケーキの桜の色は

薔薇の名は「レディ・ダイアナ」春疾風にとまどいながら凛と咲きおり

満開のヒトツバタゴの白い花わた雪のごと風にそよげり

メイ・ストーム樹々の青葉を揺らしつつひかりと影の綾を織り成す

途中から腕まくりして新緑の若葉を見つつ硝子窓拭く

吾のまだ見たことのない新緑のロンドンを子は旅しておりぬ

「リラ冷え」は美しき言葉帰り来て昨夜のシチュー温めている

おさなごの早口言葉ぎこちなく待合室のしばしなごみぬ

透明な傘のむこうの紫陽花は雨のヴェールにほほえむごとし

水無月の満月に向かい佇めば探しものひとつ照らされており

テニスボール弾け部活の女生徒の笑い声響く六月の空

らせんのかたち

長ねぎとセロリを下げてゆっくりと坂道をゆく父に似しひと

ぎこちなく短く鳴いて夏の朝今年はじめて蟬のこえ聴く

なま温い台風の雨と風のなか夕べの鐘の遠くぐもる

風鈴の似合うひと日よ響きあうガラスの音に音階のある

ひまわりはぐんぐん伸びて花開くこころ細りてこもりいる間に

水音はひかりを帯びて渓に添う麻の日傘を傾けてきく

あさがおのつるは力を秘めながらあしたをめざすらせんのかたち

アイスティーの氷からりと音のして夜更けまで聞く息子のはなし

水のおと風の鳴るおと涼やかに秋はさらりとページを変える

もう九月無為のときばかり過ごし来て虫のこえ響く早き日の昏れ

やわらかく頬つたう雨もういちどやりなおせると告げて降る雨

わすれもの見つけたような昼の月うすき小舟のかたちに浮かぶ

失ったものに焦れるここちして熟柿のいろの入り日見ている

りんごむく手をとめて見るうろこ雲時を休めてさざなみのよう

眠るまえ今日のよきこと思いみるビオラの苗を植えしことなど

言い過ぎてもどらぬ言葉かみしめる夕空に虹を見ればなおさら

ひと匙のマーマレードをよそゆきの会話に倦みし紅茶に落す

迷いつつこたえ出ぬまま仰ぎ見る夕ぞら暖炉の残り火のよう

燃ゆる赤さみしい赤もしずかなりもみじ葉をすべる初冬のひかり

冬を告ぐ秒針のような雨の音ひよこ豆煮る窓辺に聞ゆ

約束の駅へと急ぐマフラーに木枯しの匂い巻きこみながら

柚子のジャム紅茶に沈め本心を告げず戻りし悔いを溶かしぬ

ワイパーにみぞれ消されてまた降りて冬ざれの木の紅い実温し

緩やかな坂歩むようにことことと花豆を煮る風冷えの夜に

街の灯が飴いろの影をなす夕べ父の病棟ふりかえり見つ

明日は立春

日脚やや伸びて窓辺の車椅子に父は小さく座りておりぬ

付添いの母も小さく大寒の陽の沈みゆく父の病室

こだわりを解き放つとき立ちのぼる水仙の香よ春のさきぶれ

濃紺の空に月冴ゆ父の眼に力もどりて明日は立春

冬空に金糸の束のひかるごとマンサク咲けばこころ明るむ

二月尽さくらの幹に触るる手に温き粒子をふふむ陽のさす

桃かおる雛のあかりを灯すとき面差しにかすか憂いただよう

菜の花のリゾット掬うスプーンと貝のボタンに春の陽ひかる

スプリングコートに舞いくる風花を冬のなごりと思い愛しむ

透明な傘のうちがわ春雨の音やわらかく小さな世界

エプロンを椅子の背にかけいち日を閉じるときこころほどかれゆけり

夜ざくらのなかを歩めばかなたには異界につづく扉あるごと

葉ざくらの淡くみどりに萌ゆる朝園児の列の眩しくはずむ

風をよけまるく小さくかたまってともす五月の線香花火

アスパラとクレソンのサラダ摘みたてのひなたの匂いの苺も添えて

きらきらと電車の床にひかり揺れ若葉の街をはこばれゆけり

ビルの窓夕に染まりてヴェネツィアのガラスのようにくぐもるひかり

ネックレス外すとき思う本心を言わずに帰りし少しの安堵

切り絵のごとビルの川面に映る夕君を想いぬ昏れてゆくまで

傘と傘ふれて会釈をせし人と紫陽花の毬愛でて別るる

一日を雨と過ごせば透明な雨音にこころほどかれゆけり

夏の匂いの風をまといてバスを待つ水色の傘にしずく転(まろ)ばせ

真昼の孤独

胸に宿る不協和音をなだめつつりんごの皮を長く長く剝く

夏空にカンナ燃え咲くいつからか焦れる想いわすれ過ごせり

かつて子と水あそびせし中庭に蟬しぐれ響く真昼の孤独

ハンカチの折り目涼しく駅前のスタバに『火花』読む女子校生

葡萄園に夕陽は落ちてそれぞれの粒に小さな世界のひかる

ゆでたまごつるりとむいて雨音をいとおしむ朝九月始まる

アメ横を抜けて上野の森に見るボルドー展のしずかな世界

子を祝う旅終え上野の美術館のロダン像秋の雨に煙れる

漆黒の夜にスーパームーン浮くはなれ住む子も照らされいるか

別の顔秘め歩みゆく人たちをわたしの別の顔が見ている

ソーダ色の空に向かえばこもれびに小さな迷いほどかれてゆく

うつくしい食用菊のほろ苦さ罪悪感ものどを過ぎゆく

手放した思いを悔いる秋の夜はカノンコードの雨音沁みる

指先をすべりゆく水　戻り来ようつくしいものに震えるこころ

すべらかなホイップクリームおっとりとひとを包めるひとになりたし

夕の鐘に言葉の刃おもいつつ銀杏の実をゆっくりと煎る

見たいもの見たくないもの夕ぐれの雨に消えゆくもみじ葉降れば

ラ・フランスむく手もナイフも冷たくて冬のはじめの遠花火きく

去りぎわに振り向き「また」と渡されし詩集のことば瑠璃にかがやく

針先に鈍きひかりを乗せながら縫えばわりなき思い紛るる

穏やかな新年伊勢内宮をゆく凜と清らな気につつまれて

たおやかに五十鈴川ながれひとときを人混みをさけ水辺に寄りぬ

ほっこりと湯気も揃いて昼ひとり七草がゆに癒されており

小正月日々の暮しの戻り来て散歩のあとの静かな読書

II

父よ父

鋭角の冷気のなかを帰り来て家とう温き箱を愛しむ

身のうちに埋み火あれど夕ぐれはクレソン洗い魚焼きおり

古書店の紙の匂いにまだすこしポジティブになれる気のする冬日

父よ父もう少し生きて桜咲く川辺を語りつつ歩みたし

薄い爪のような真昼の月の下父の点滴の清らなしずく

カシミヤのコートに燕脂のマフラーの父と歩みし冬日なつかし

昼と夜の母の食事を届け来て沈丁花匂う駅に降り立つ

小石投げ水ぬるむ川面見つめれば放物線の先に早春

震災も津波も知らず三月の立待の月ただ見上げおり

クリスマスローズのつぼみ思慮深く春隣とう夕にうつむく

ひととおり終末医療のはなし聞きマリア像笑む部屋を出でくる

大人って楽しいですかとピカピカの一年生に聞かれたじろぐ

プディングとカラメルのような間柄と銀婚式の友はつぶやく

夕食の仕度がおっくう鍵穴のむこうにさくら雪のごと降れば

核心を避けもどかしくすすみゆく女子会トークほそき雨ふる

美しく巻けるレタスの断面にひかり集まる春のキッチン

うつわから溢るる水はわたくしの水位夕べにほろほろ垂(しず)る

聖五月降りそそぐ陽のまばゆさに気後れしつつ海を見にゆく

「悪くない」と「良い」のあいだに流れいる水の温度に指を浸しぬ

壊されし紅茶店跡の空間に深き香りの漂うごとし

青葉闇を風わたり来て透明な疑問符つける君への手紙

海に眠るオルゴールの音に似て初夏の渚のささやきを聞く

茹で時間5分のパスタに残る芯けさのささいなわだかまりのよう

うつむいてスマホ操る前列の七人車窓に吾は虹を見る

街も風も夏に向かって輝くよ半袖の腕にひかり弾ける

わたくしの許容量あとどれくらい小さな嘘のひろがり始む

月桂樹に巣をかけし鳥の巣立つまでをなつかしき思い抱き見守る

わがままを言いてベッドに眠りいる父よ子どもに還りしように

万華鏡の散る絵のごとく父の脳こわれゆくのか七夕の夜

七月の炎天をゆく父母の老いと向きあうかなしみ抱きて

遠く近く蟬のこえする夏空にひこうき雲の迷いなき白

森の小径の

巻き貝が波に転がるほんとうのことを言わずに漂うも良し

貴重品扱うように桃を剝く今日のわたしを否定出来ずに

梓川のつめたき水に浸す指森の木霊にそっと触るるため

子と歩む森の小径のこもれびに風わたるとき木霊降りくる

虹色のシャーベットすくう銀の匙つめたし友との距離も冷えゆく

わかり合うための気持ちは届かずに野菜売り場のパプリカ眩し

クーラーに冷えしソファで本を読む誰にも会わず何も話さず

昼の月ほどの薄さの距離感でつき合えばともだちでいられる

無防備にわたしの前に無花果の果肉は熟れて秋始まりぬ

今日も雨窓のしずくに囲まれて見知らぬ海に漂うごとし

指先に茄子のむらさき染みたまま霧雨煙る喪の列につく

黙々とギョーザを包むわかりあうために為すべきこと思いつつ

濃厚な杏仁豆腐滑らかに嘘つく人の喉を過ぎゆく

朝が来て夜が来てまた朝が来て時間軸のなかただ息をする

金平糖散らしたように紅葉散る父と進路を語りし小道

朝の陽の弾けつつさせばアネモネはガラス細工のごと輝けり

雪の朝白き時空にわたくしの錆びしこころをとき放ちおり

音も無く降り積む雪に繭ごもる編み棒と毛糸だまとわたし

母と娘の距離の危うさ窓枠に降り積む雪をただ見つめおり

小さき川昨日と今日を隔ていて気怠いジャズの低く流るる

春なのに

風を包むパステルいろのスカーフで春の匂いの街歩みゆく

金柑をあまく煮ておりやわらかな雨降り続く春のいち日

ダリの絵が脳裏はなれぬひと日なり樹々の芽吹きに温き雨降る

春なのに春だけど翳るここちしてクレソン水に放てばみどり

さみどりのバジルのパスタそれぞれの思いはずれて喉をすぎゆく

今ならばわかり合えたか身のうちに通奏低音のごと春の雨

三日月を抱きて眠る雲ながむ童になりし父を見舞いて

礼節を説かれし若き日もありきリハビリ室の小さき父の背

新緑に藤の花あわく揺れてをり老いゆく父の脳かなしむ

ネモフィラやブルーボネット青い花のグラデーションに風の透けゆく

過ぎてからばかり気がつくブバリアの白沈みゆくはるか夕ぐれ

旧軽のひとの流れを追いかけてはつ夏のかぜきらめくばかり

いつまでもいると思ってわがままな娘でしたねみなづきの雨

この雨のしずくを思うつゆ草のうすむらさきの父のことだま

さわやかに二十二号炉へみちびかる霧雨のなかに父を焼くため

父よ父返事をしてよあかつきの星の瞬きさみしすぎるよ

小雨ふる日銀座の人にまぎれつつとらや茶寮にあんみつを食ぶ

銀座のホテルに憩えばたちまちに遠い記憶の淵に沈みぬ

茶巾洗い足袋を洗いていち日の稽古終えひらくスマホのあかり

爆竹に清められゆく精霊船をとおく見ており雨にぬれつつ

わたしいま背のびしてますかほんとうは晩夏のかぜに崩れています

栗のスープを

ちっぽけな紙きれのように飛ぶ鳥を眺むどこにも飛べない自分が

納骨を終えて集えりひとまわり小さくなりし母により添う

ひとを想うことにつかれて木犀の香に誘われまわり道する

手のひらにこぼるる月光父のいる天より降ると思えば愛し

約束の時間に来ない人を待つ木犀の香に惑わされつつ

柔らかなランプの灯りともる夜父なきことに慣れてゆく秋

金色の木の葉舞う昼キッチンに栗のスープをやさしく寝かす

もうここに来ることもない父の居しケアハウスよりオカリナ聞こゆ

あけび色の夕空に星ふたつあれば父に言わずにいたこと思う

水面下にひかりの帯を抱きつつ流るる初冬の川を見ており

はじめからボタンをかけ違えただけ指のすきまをこぼれゆく水

パンケーキに光るはちみつ夢に会う父の面差し若き日のまま

夕かぜにろう梅かおる過ぎし日の父のおもかげこの庭にある

月冴ゆる空に人びとはこぶごとエレベーターの透明な箱

春は来ている

すみれにはすみれの言葉小雪舞う風になだれてささやき合えり

春隣自転車のかごに揺れているバゲットあまき香を放ちたり

街路樹のかげ綴られてまっすぐな道のむこうに春は来ている

写真立ての穏やかな父しだれ梅の夜に浮かびて雨水となりぬ

雨近き夕べ に匂う沈丁花とおい記憶の入り口にいる

掃除機の音とスープの匂いしてひかりやさしき春の日曜

ひと駅を歩いて帰るゆきやなぎの綿のごと咲くひかりのなかを

たっぷりの陽ざしにミモザかがやいて卒業の子等の歓声過ぐる

半袖で噴水に遊ぶおさなごにさくら散り初む三月夏日

うすももの花びら流れさみどりの新芽ほころび春は駆けゆく

春キャベツ刻む窓辺に雨近き風ながれくるしづかな夕べ

さまざまな願いの揺れて笹の葉にほそき雨ふる七夕の宵

陽の匂いふくむ日傘をたたみつつアクアリウムの異界に入りぬ

あどけない笑顔に炭酸水を飲む木かげに集う野球少年

つま先立ちで

昨日までは夏今日からは秋ですと線を引かれたような涼しさ

ティーカップ置けばあらわる秋の影ひそかに季のうつろいゆけり

来る秋と夏のなごりの微熱とを折りたたみつつ夕の風吹く

水平線のむこうの世界見るためにこころほどいてつま先立ちで

四十度の暑さに慣れてゆく不思議冷やしトマトにバジルを散らす

ビニールの傘にしずくのまろびゆく合歓の樹の下ひとを待つとき

台風の近づく夕べ水に戻るひじきひそかに風を聴きおり

夕日浴び風に波打つ金の穂のすすきの海を息呑みて見つ

おさなごのくれし団栗てのひらにこもれびの温みまといて光る

地下街の迷宮に視線ふりむけばハロウィンの黄のかぼちゃが笑う

栞はさみ震える思い閉じるとき斜めに低く秋の陽のさす

朝焼けの空に小さな冬ありてゆでたまごむく指の冷たさ

鈍いろに光るお菓子の包装紙たそがれ早く冬に入りゆく

すれ違う思いはあれど小春日の円(まど)かなひかり浴びて歩めり

晩秋の夕ぐれランドセル鳴らし駆けてゆく子の影ながく伸ぶ

昏れはやく夕に近づく焦燥にポインセチアの緋のいろ眩し

冬の川レースのようにきらめいて母音の響き流れゆくなり

風冷えのくちびる温し塗りの匙に七草がゆのみどり掬えば

遅れゆくランナーの背を照らしいる小雪の空をこぼるるひかり

マルメロの熟れし実卓に香りいて冬のしずかな真昼にひとり

本棚に夕日の低くあたる部屋ラナンキュラスのかすか息づく

ひかり降る風のまばゆさ春隣寒ざくら咲く川を見にゆく

早春のひかり硝子戸にふくらみて揺り椅子の影ながく伸ばしぬ

さみどりのアスパラガスを茹であげて春の厨の明るさにいる

水たまりにカナリア色のミモザ揺れめぐる季節の温もりしずか

春を呼ぶやわらかな雨の明るさにあとずさりする冬のこころは

白木蓮こぼれる雨を受けとめて祈るかたちに空に咲きおり

不思議そうにつくしにふれるおさなごと母を包める弥生のひかり

一面のネモフィラの青き花の丘まぼろしのよう空につながる

春の空気の

青葉ひかりむかしの時間のせている父の机に葉かげ揺れおり

咲く花もこぼるる花もいとおしく四月つごもり雨のそぼ降る

クレソンを水に放ちて平成を閉じゆく夕のニュース聞きおり

雨粒のガラスをつたう曲線をたどるときこころ潤いゆけり

木香薔薇のアーチ抜ければはつ夏の風ひかりつつ頰を過ぎゆく

莢むけば綿にくるまれ呼吸するそら豆の青きいのちに出会う

そら豆とえんどうガラス器に盛れば翡翠のように滴るみどり

葉ざくらの影ふかまりて前をゆくシャツの白き背に濃く映りおり

傘ふれて言葉をかわす人と見るアガパンサスの淡きむらさき

青葉闇耳をすませばひんやりと深海のごと葉ずれの聞こゆ

水の粒揺れてふくらむ雨上がりジューンベリーにひかり映せり

枇杷いろに昏れゆく窓を震わせて遠ざかりゆく雷鳴をきく

夕庭にしづかな時の影のあり桔梗のつぼみ雨にふくらむ

夕散歩つたなき笛の音聞こゆ夏の休暇のはじまりの雨

バス停に麻の日傘をたたみつつ微笑むひとの所作のうつくし

空気まで珊瑚のいろに染まりゆく雷雨の去りて昏れてゆく空

虫のこえ遠く近くにかさなりて夕暮れいろの無花果を剥く

乳白のまひる間の月浮かびおり小さき百合根のかけらのように

III

記憶のすみに

おし花の栞に木犀摘みしことひとの記憶のすみに生きおり

ハンガーに吊るすブラウスいちにちをほどかれありのままのかたちに

懐かしさふいにこみ上ぐ風にのり木犀の香の二階にみちて

澄む空に凛と咲く薔薇これということなさぬまま師走となりぬ

あたたかな小春の風がはこびくる思いもかけぬ喪中のはがき

てのひらに渡されし温み天からの銀杏のひと葉うけとめおれば

みじか日に金柑を煮て風を聴く冬の時間になじみゆくころ

はなやかな香りを秘めてヒアシンスの球根ねむる冬至の雨に

ハンドベルに聖なるしらべ紡ぎいる乙女ら温きひかり放ちて

閉店の書店に眠る本あまた新しき年の陽ざし浴びつつ

春を待つこころに届く陽のぬくみ寒のさくらの木肌光りぬ

夕ぐれに窓をあければろう梅のあまき香雨のしずくまといて

クレソンを水に放ちて冬の日の鈍きひかりをみどりに溶かす

水音に春の匂いをのせながら二月まばゆく流れゆく川

針休め眼鏡はずせば窓ぎわに春はあふれて点描のよう

澱むことあれど日差しの華やいで二月夕べにヒヤシンス咲く

願いごと胸に紡いでのぼる坂青い月の下ミモザ咲きおり

雛あられあわきみどりと桃のいろひと雨ごとに春に近づく

三月の陽ざしにつよき芯ありて桜のつぼみ照らしておりぬ

小さき蝶春の使者のごとあらわれて白木蓮の並木に踊る

ほどくとき甘く匂える春キャベツ信濃の空気巻かれておりぬ

夕かぜを束ねて昏れてゆく空に白木蓮とうすき三日月

マスクして遠まきに見る夜のさくら去年の華やぎ思い出しつつ

花柄のマスク

なにげない日常のあるありがたさ樹々の芽吹きにひかる雨粒

新緑の空のまばゆさ花柄のマスクの子白いカイトと走る

休校の続くしずかな校庭に灯りのごとくチューリップ咲く

透明な風を集めてさみどりのクローバー摘むゆびさきに夏

緑蔭にこもれび揺れてあやとりの子の指先は風をあやつる

キッチンをみがき青葉の風入れてそら豆をむく初夏のきざしに

遠雷にヤマボウシの花ゆれており内なる声が夏とつぶやく

子らの列ふくらみ閉じて楽しげに登校再開あじさいの道

薄紙につつまれしごと霧雨のなかゆっくりと沙羅の散りゆく

雨過ぎてやわらかな陽のさす夕べ夏服の襟の白さまばゆし

灰色の梅雨空すこしあかるみてためらいがちに初蟬のなく

まだそこに父のいるよう紫陽花の白い毬雨とささやき合えり

霧雨の公園よぎればシーソーの鉄錆の香のあわくなつかし

桃の香の残る指先びいどろのうつわを仕舞う暮れゆく部屋に

ふるふると揺らうババロア蟬声の重なりしのちふとしずもれり

酷暑日は琥珀のいろに昏れゆきて葡萄ひと粒鈍くひかれり

夕かげに雲は鬱金にそまりゆく過ぎゆく夏の窓辺の時間

ヨーグルトにひかる蜂蜜あたらしい風のうまれて九月始まる

身のうちを吹きぬける風ゆく夏のわすれもののごとカンナ燃えおり

無花果を煮る

一面のみどりの波に揺れている白玉星草秋を告げおり

うつりゆく季節にこころ添わせつつ入り日のいろの無花果を煮る

やわらかなこもれびにしばし遊ばせる背のびしたがるこころひとかけ

箱庭に夢を紡いでいたころの温き記憶のよぎる十月

身めぐりの狭き世界に秋は来てやわき日ざしに木犀かおる

もういちど会いたいと母なにげない会話したいと父なき三とせ

センサーなどなくても街は色づきて木犀かおる季節愛しむ

身のうちのどこかざわめき熟れすぎの洋梨のごと眠りゆくなり

いくたびも支えられ今のあることをブルームーンに向きて思えり

美ら海の波のつぶての頬かすめセージのいろに更けてゆく秋

波音のトレモロのごと夕かげにつつまれてゆく古宇利島まで

日曜は好きか嫌いかざくろ割りてルージュのいろのひと粒かざす

すれ違いをすこし遠くに置いておきニライカナイの橋を見ており

晩秋の碧き波音こもれびに琉球ガラスの鈍くひかれり

交差する編み目に溜まる陽のぬくみセーターに届く冬のはじまり

みぞれ降る灰色の街燃えにくいこころを抱き人に紛れる

みず色のマフラー風にすくわれてはつ雪の匂い肌かすめゆく

日常はもどり来るのか過去問を解くごとこころなだむる新年

閉院のお知らせの紙はがれかけ松沢医院にビオラ揺れおり

冬の雨上がれば街は滲みゆきマーマレードの色に昏れ初む

かつて夢を摑もうとした指先で雪もよいの夜柚子をきざめり

眠るときも緊張してると医師の言う風のなか帰る　やわらかな雪

シターの調べ

湯たんぽのお湯のわくとき口笛は寒の空気にとおく響きぬ

こもれびのひかりの粒子日時計の針くきやかな影をつくれり

行きもどる思いは雪にまぎれゆき薪ストーブの炎ゆらめく

ささがきにごぼう削れば鉛筆を削りてくれし父の浮かびぬ

もの哀しきシターーの調べ川面には小雪の巻いて溶けてゆくなり

眠りからめざめたように冬苺雨の上がればひかりておりぬ

雨水とううつくしい日よ玻璃窓に小雪はずみて街をつつめり

ここだけの話はひとり歩きして春近き日の吾を惑わす

風は樹を樹々は若葉をゆらしつつ五月の空とささやきあえり

ひかり散るガラスボウルにさみどりのレタスクレソンいのちあふるる

とうめいなカーテンのような雨のなか若葉の息吹ほどけてをりぬ

てのひらのくぼみに掬う新緑のきらめく風をふくみし水を

時間軸すこしゆらぎてみどり濃き窓辺に初夏の風吹きわたる

鳥たちがジューンベリーをついばみてささやく朝の医院の小庭

桜桃とソーダ水の泡はつ夏の風はやさしく言葉をはこぶ

霧雨をともない暮れてゆく庭にたわわに実る枇杷のあかるさ

いち枚の葉書にことば選ぶ夜の入り口にかおるくちなしのはな

沙羅のはなゆうべしずかに落ちゆけり風の紡ぎし曲線のなか

初蟬のなきてまばゆき七月のまひる氷菓の匙のくもれり

蟬しぐれ京の真夏に葛切りを父とめでし日とおくなつかし

うつくしいかな文字のような風吹いて夏を忘るる夕立ちのあと

「うれしい」と「くやしい」を日々聞きながら五輪のあとの感染憂う

靴ひもをむすびなおして駆けてゆく蟬取りの子よ空ふかみゆく

まだ夜になりたがらない夕やけがさるすべりの赤溶かしはじめる

ボサノヴァのリズムのように窓ガラスすべる雨粒夏はすぎゆく

立秋ときけば涼しきここちしてシュークリームのやさしい甘さ

ほんとうのきもちを仕舞いつづければからだのきしむ音する晩夏

コーヒーの焙煎をする裏通り誰の思い出によりそうかおり

コロナ後の描けぬままに文具店手帳売場に秋は来ており

白い世界に

コスモスの揺るるところに飛ぶ蝶のあやうい動き陽に吸われつつ

「黙食」のポスターあれどざわめきにパッヘルベルのカノン消されつ

こまつ菜を茹でてサンマを焼いている日々のくらしも秋はうつくし

秋ふかくゆったりと時の醸されて書棚の奥にひそむことだま

いくつかのさといも白く剝くときも女優の名前思い出せない

鈍いろの雲のすきまから降りてくるひかりの束よ希望のごとし

みじか日のつめたい風よ帰り来て掛けるコートは吾のぬけ殻

こもれびはかすか破線のかたちして枯れ葉降り冬に続きゆく道

うっかりと日々を過ごせば北風にハナミズキの実紅く染まりぬ

ピアニストのほそき指先あふれくる音色の作るものがたり聴く

シクラメンあの頃ひとを傷つけてひと冬悔いを重ねておりし

暖色のモザイクのごと散らばりて雨のあとひかる落ち葉は絵画

蝶のように舞いて降りくる樹々の葉よあなたにあってわたしに無いもの

意思をもつごと潔く降りてくるはつ雪の芯をてのひらに受く

やわらかな冬陽に柚子を捥ぐひとを点描のごととおく見ており

ヒヤシンスのつぼみゆっくりほどけゆく赦す時間に赦されゆけり

ゆり根炊く大つごもりよ風花の舞うガラス窓はつかくもりぬ

子の家族帰れば小さきフライパンに慣れし料理をまたふたりぶん

重くるしい恋愛ドラマ見しのちの窓辺にあわく照る雪あかり

春いろのマフィン

買ってきて作って食べて片付ける循環ときに愛せぬことも

なにひとつ良いことないと思う日もこの手に脈は淡々と打つ

ヒヤシンスつよき香放ち逝きしひとを慈しむごと粉の雪ふる

老い深む母のことばにズレありて野菜スープを煮つつかなしむ

溶けのこる雪になためめに陽のさして早春近きひかりを散らす

氷雨ふる春の入り口陽のさせば樹々はまばゆき粒子をまとう

国と国いさかう報せ裏面には双子パンダのころがる写真

いつまでもわたしは母の子のままでとおい思い出のなかに住むらし

春いろのマフィンを食べてほんとうの春をさがしにゆく女子高生

検索をしつつ異界にまよいこみ午後をスマホに奪われており

ゆったりとシンメトリーに立つ樹から早春の息吹あふれるように

くもり日の白木蓮よこいびとの肩ふれあいて春は弾みぬ

グラス洗う水ここちよく天窓のひかりやさしく春をこぼしぬ

いつしらに知らぬ街よりながれ来て花筏春のおわり告げおり

夕かぜにさくらふぶいてソナチネの練習曲のつたなき調べ

蒸し野菜つくるあいだもほろほろと微熱のようにふる花ふぶき

人が人を街を緑を壊しおり祈るしかなくひばりとぶ空

人生をすこしたのしくするために秘密はあると　ほんとうかしら

聖五月ジューンベリーの実の揺れて季のめぐりのひとこまにおり

ほんとうにかなしいときは

ベリーの実ついばむ鳥のさえずりを逝去のしらせ読みながらきく

乳白のまひるの月よほんとうにかなしいときは空を見上げる

公園であそぶ子のこえ赤ちゃんの泣くこえずっとききき続けたい

ゆっくりと氷砂糖の溶けてゆくレモンシロップ夏を迎える

感情に上書きをしてはつ夏の夕べか細い月を見ており

雨の日の時はゆっくりながれゆきオルゴールかすか軋む音する

明けがたに沙羅のつぼみにふるる雨夏のとびらをぬらしてゆけり

マドレーヌレモン風味に焼き上ぐる蟬のこえ樹々を震わす真昼

夜の雨こころにかかるバイアスをボサノヴァの音に泳がせてみる

風とゆく青葉のなだり水音と蟬声だけにつつまれており

噴水のめざす高さよ炎天にしぶきはじけて空に溶けゆく

かき氷とけて小さな水たまり言えないことばうつわに滲む

若き日をともに学びし友もなく秋立ちてここはかなしみの駅

報われぬことを嘆かず明日のため夏野菜の煮びたしつくろう

このおもいあればひとよを生きられると思いし秋のまためぐり来ぬ

あとがき

令和五年の冬の京都は、十年に一度という大雪に見舞われたり、厳しく底冷えのする日々です。ひとりの旅びととしての京都ではなく、わたくしにとりましての京都の街は、不思議な感慨とともに、いつも大らかにわたくしを包みこんでくれます。

今から二十一年ほど前、人生のきりぎしに佇っていたわたくしは、ある方の紹介で、東福寺の和尚様にはなしをきいていただきました。名古屋から遠路訪ねてくれたと、その日の夕食を祇園で頂戴いたしました。また表千家茶道堀内(ほりのうち)家の堀内宗心宗匠と建仁寺での禅問答の修業がご一緒だったこともあり、その後、お時間の許される範囲で、東山の塔頭を訪ね、茶と禅、器などの勉強をさせて頂いておりました。

今回の京都行きでも、長年に亘って疲れゆき詰まり、限界を感じていたわたくしは、かつて学んだなつかしい東福寺を久々に訪ねました。雪模様の午後でした。

ところがご仏前に、優しい柔和な笑顔の和尚様のお写真が二枚、写真立てにありました。そのせつな、一瞬で全てを悟ったように、わたくしのまならを滂沱の涙があふれました。『間に合わなかった』という後悔の念と共に、号泣しました。

冬の京のしずかな塔頭が幸いし、どなたにも会わずに済みましたが、帰路、自分がどの道をどのように歩いて京都駅までたどりついたかは記憶がありません。

『間に合わなかったこと』、それが何であるかを考えておりましたところ、心療内科医の先生は、『もう十分、間に合っているのでは』と優しく、共鳴共感してくださり、「この気持ちを抱きつつ、今後生活してゆかれれば、和尚様には伝わっていると思いますよ」と更におっしゃってくださいました。内科医の先生の横でも号泣しましたので、先生もとても驚かれ、とまどわれたと思います。

思い返せば、わたくしの人生の折り目折り目で、本当に有難いことに、折々高名な方たちに助けて頂きながら、今日まで歩むことが出来ていると、これが何故の縁なのかは、今はわからなくてもよいと、感謝の念を抱いておりま す。

このあとがきを書くために、わたくしのわがままで東山の嶺々の美しくみえるお部屋を快く用意してくださいましたホテルオークラ京都のスタッフの皆様に心より感謝申し上げます。更に、西山の景色も、と途中から市役所側のお部屋も開放してくださいました。心より厚く御礼申し上げます。

また集中、「連城三紀彦さんに捧ぐ」とありますのは、三紀彦さんが母方の遠戚(えんせき)に当たり、直木賞を受賞されましたころ、というよりもずっと以前から、母、母方のおばより三紀彦さんのことをおききしていたからです。三紀彦さんのお姉様にあたる方と母は、わたくしが高校生のころ、兄やわたくしの進路等を相談しておりました。

最後になりましたが、今回も以前の三歌集と同じく、装幀を倉本修様にお願いさせて頂きました。いつも本当にありがとうございます。

また、この度拙歌集の帯文を、京都大学教授の島田幸典様にお願いさせて頂きましたところ、快くお引き受けくださいました。ご多忙中、本当にありがとうございました。

砂子屋書房の田村雅之様には、過去三冊の歌集同様、この度もまた有形無形の御心遣いを賜り、恐縮に存じ心より厚く御礼申し上げます。

今日の、この拙いわたくしの歌集一冊を、亡き臨済宗大本山東福寺塔頭光明院前住、佐々木滴水元果先生に捧げたいと思います。先生、本当にありがとうございました。大きな慈しみの心と、大らかな心持ちを常に守りつつ、歌の道・茶の道を歩む所存です。どうか彼の地で安らかにお眠りくださいませ。

最後に、いつも温かく見守ってくれている母、夫と息子、そして新しく家族に加わってくれた息子の妻 優さんとその長男 真尚に、心からありがとうと伝えたいと思います。

令和五年二月十六日

浅野美紀

歌集　春いろのマフィン

二〇二三年五月一〇日初版発行

著　者　浅野美紀
愛知県名古屋市昭和区南分町六―一五（〒四六六―〇八四九）

発行者　田村雅之

発行所　砂子屋書房
東京都千代田区内神田三―四―七（〒一〇一―〇〇四七）
電話　〇三―三二五六―四七〇八　振替　〇〇一三〇―二―九七六三一
URL http://www.sunagoya.com

組　版　はあどわあく

印　刷　長野印刷商工株式会社

製　本　渋谷文泉閣